JN114946

# 古い家

池井昌樹

思潮社

# 古い家

池井昌樹

思潮社

# 目次

装画＝池井和昌
装幀＝思潮社装幀室

# 古い家

池井昌樹

## どこかへと

じてんしゃこいでかえろうと
していたら
どこからか
いそぐたびでもなし　なしと
こえがした
だからぺだるをあそばせながら
こいでると
めのまえに
みおぼえのあるあのせなか

ちちがいた
いそぐたびでもなし　なしと
やはりのんびりこいでいる
しばらくだなあ
みとれていると
どこかへと
ちちはきえた
むろんちちではなかった
けれど

# 人として

なにもかもいやになって
なにかぬすんだ
ひととして
してはならないことをしたのに
あせばんだ
にぎりこぶしをひらいてみると
なにもない
なにをしたのか
こころにとうた

こころはこころに
そのまたこころに
こたえられないこころばかりが
やみのかなたへきえつづき
こだまひとつもかえらない
なにもかもいやになって
だからぬすんだ
またしても
ひととして

# 心から

いたみをりかいしてほしい
とか
いたみをりかいしないのか
とか
いたみとりかいにみちみちた
こころから
いつかうしなわれたものが
いたみより
りかいより

ふかいうなずき
こえにならない
こころのおくの
ちいさなほのほ
ゆらめいて
いたみをりかいしてほしい
とも
いたみをりかいしないのか
とも
なんともいわず
ほほえみながら
ほのほはきえて
いたみがのこった
りかいがあふれた
なきがらの

こころがひとつ
ころがった

# 古い家

ふるいいえでうまれ
ふるいいえでそだった
ふるいいえがすきだ
ふるいいえをみると
かえれそうにおもう
ぼくのふるいさとへ
かえれそうにおもう
ふるいさとはあきだ

あきのはながさき
あきのみがうれて
あきのにおいがする
あきもふゆもはるも
なつもないいまを
ぼくはここでいきる
ふるいいえでねむる
こころひとつだいて

# 縁

えんがわに
でたいとおもう
いつからか
えんがわの
きえてしまった
このいえで
えんがわに
でたいとおもう
えんがわに
でさえすれぱと

いつからか
えんがわも
えんのしたも
えんのしたの
ちからもち
こころさえ
きえてしまった
このいえで

# すきだよ

ぼくのこと
すき?
あうひとごとに
そのこはきいた
ぼくのこと
すき?
ああすきだよと
そのこえに
にっこりと
うなずいて

そのこはきょうも
あそびにいった
きょうもあしたも
あさっても
あそびつづけて
としおいて
だれひとり
すきだよと
こたえてくれるものもない
さいごのあるひ
さいごにいちど
もういちどだけ
そのこはきいた
ぼくのこと
すき？

そしてにっこり
うなずいて
めをとじた

# 金に換えた男

金に換えた男と題し
詩を書こうとおもう
金に換えた女でもいい
いずれにしても悪い意味
だから
金に換えられないなにか
換えさせなければ
地位だろうか
名誉だろうか

心だろうか
神だろうか
いずれにしてもありきたり
いのちだろうか……
かんがえるうち
わけわからなくなってきて
締切り期日がせまってきて
しかたないから適当に
行数そろえ
入力し
メールして
金に換えた

# 厩

厩のようなところで生まれた。薄暗い。寝藁が背中でがさがさと鳴る。つめたい土の匂いがする。虹色の陽が差し込んでくる。戸口で囁く声がして、木戸がおもたく押し開かれる。厩のようなところで育った。それからぼくは旅に出て、あらゆる世界をへめぐりあるいた。たのしいことも、かなしいことも、もうなにひとつおぼえていない。それから世界はどうなったのか。繁栄を極めただろうか。猖獗を極めただろうか。なにひとつぼくは知らない。ぼくはいままたここにいる。厩のようなところにひとり。薄暗い。寝藁が背中でがさがさと鳴る。つめたい土の匂いがする。虹色の陽は差し込むが、戸口で囁くものもない。だれひとり、もうたずねてこない。知らないのだろうか、厩のことを。厩にぼくのいることを。だれひとり、世界にはもういないのだろうか。

# いせやあたりで

あのころはねえ　焼酎どころか
水さえおちおち飲めなかったナ
（やられるまえにやらなければでネ）
そういう話を　オクビにも
出されたわけではなかったが
アイタツナオノ　ニンニククサイ
あの微笑みには
そういう思いが籠もっていた
いせやあたりで　昼日中から
肩をならべて呑んでいると

ウマイナッ
感に堪えない表情でもあり
だれにともなく　暗黙の
同意をうながすようでもあり
きまって一言そう呟いた
生（キ）の焼酎に顔をしかめて
頷くほかはなかったけれど
あの呟きには　焼酎どころか
水さえ飲めず　重なり斃れた
おおぜいの　水が飲みたい
米が食べたい　かえりたい
おもいが混じりあっていた
臓物を炙る煙に眼を細めている
こよなく晴れた昼日中
忙（せわ）しく行き交う人らを尻目に

食べたいだけ食べ　呑みたいだけ呑み
もう酔っている　ぼくばかり
うしろめたい気もしていたけれど
あの微笑みと　肩をならべて
眺めているこの街中は　ほんとうは
この街中ではないような
そんな気がしてくるのだった
焼酎のせいばかりじゃなかった
ここには肉も卵もあります
ふんだんに　こころゆくまで
骨までしゃぶっていってくれ
俺でよければ　だまりこくった
あの微笑みのふくらんでゆく　陽溜まりへ
たしかにひとり　またひとり
乾涸びた血のゲートル引き摺り

煤けて凹んだ鉄兜脱ぎ
復員してくるものたちがいる
水が飲みたい（水はなかった）
米が食べたい（米はなかった）
かえりたい（かえれなかった）
おおぜいの　寄る辺ない身は安堵しきって
おもたいだとかくるしいだとか
そんなことではわりきれない
おもたくくるしい肩の荷を
きれいさっぱり　こんなところへ
戦争なんか知らずに済んでる
だれもとかわらぬ顔ほころばせ——
いまはない　あの微笑みと　眺めていた
あの昼日中の　はれがましさは
焼酎のせいばかりじゃなかった

# 龍

もしもあなたが龍ならば
あなたの背（せな）に乗りましょう
たとえこの身は灼（や）かれても
うまれかわっていくどでも

もしもあなたが嘘ならば
わたしも嘘になりましょう
まことしやかなこの世の空を
またたく星になりましょう

もしもあなたが夢ならば
わたしは現(うつつ)になりましょう
寝ても覚めてもすれちがい
とおくからでもみえる星

もしもあなたが過去ならば
わたしは未来になりましょう
いまはどこにもないあなた
いつかふたたびであうため

もしもあなたが敵ならば
わたしは味方になりましょう
敵はいくまんありとても
味方はこころひとつきり

もしもあなたが龍ならば
あなたの背に乗りましょう
かたりつがれた伝説が
こころにいきてあるかぎり

# ひらいて

そっとしといて
すきじゃないなら
そんなかおして
そばにこないで

そっとしといて
すきならば
いつもだまって
そばにいて

うまれてこのかた
なんまんねんも
とばりのかげに
とざされて

あこがれて
あらがって
ためらって
かなわなかった

そっとしといて
おねがいだから
でもほんとうに
すきならば

そっとしないで
かたくなな
わたしたち
ひとのこころを

いちどだけでも
そっとひらいて

# 手をつなぎ

じいちゃんのてにつながれて
いろんなところにゆきました
うれしかったな
ばあちゃんのてにつながれて
いろんなところにゆきました
たのしかったな
そのじいちゃんもばあちゃんも
いまはどこにもおりません
もしもわたしがいなくなったら
いつかほんとにいなくなったら

そうおもい
てをつなぎ
いつもうれえてくれたひと
いまはどこにも
それなのに
いまもだれかのてにつながれて
いつもだれかのてにつながれて
ぼくはげんきにあるいています
うれしいな
たのしいな
けれどいつかは
そうおもい
すこしだけ
うれえたりして

# お湯屋

引っ越してまだ間もない頃、祖母にお湯屋へ連れてゆかれた。もと居た家の近くにあるお湯屋だった。小学生の私はもと居た家が恋しかったが、祖母も淋しかったのだろう。破風の朽ちたお湯屋の暖簾をくぐり、ガタピシの大硝子戸を引き開ければ、裸のさざめきがあった。馴染の媼(おうな)たちらしかった。そんなにみがきあげてどうするんぞ。こんやはええことでもあるんか。嬌声を挙げ少女のように燥(はしゃ)ぐ祖母を初めて見た。晩生(おくて)の私は女湯でも平気だったし、媼たちはみな優しかった。石鹸(しゃぼん)の匂いに恍惚(うっとり)となりながらお湯屋を出ると、満天の星々だった。あれから半世紀以上の歳月が流れ、祖母も媼たちも疾うに眠りに就いただろうに、私はまだ家に帰れないのだ。見上げる軒端の星々は変わらず美しいが、どこも知らない家ばかり。こんなに夜も更けたのに。

# 土の人

つちのひと
つちのこぶし
こぶしがひらく
つちのくらし
つちのよろこび
つちのかなしみ
つちにふる
つちのなみだ
はながさき
はなはちり

ひがのぼり
ひはしずみ
ひとはまた
つちになり
つきがでた
まんまろな
むかしながらの
おつきさま
なにもかも
みんなみていた
いまもみている
ひめやかな
よぞらのひとみ

# はやく

はやいんです
ちかごろぼくは
なにをするにも
はやいんです
つとめはとうになくなって
することなんかなにひとつ
それなのに
はやいんです
はやねはやおきはやごはん
よるはやいからあさはやい

おなかがすいて
ねていられない
それもあります
それもあるけど
はやいんです
いまはこんなにとしをとり
なんののぞみもないけれど
なんのなやみもないけれど
はやいんです
ちかごろぼくは
なにもかも
はやくすませて
うまれたいんです
どこかへと

# 書物

或る書物を繙きながら、これは私にとり掛替えない書物であると知れた。更に読み進むにつれ、この頁は私にとり殊に掛替えない頁であると知れた。続く数行を目で追いつつ、目で追いつつある私、この一刻は殊に極めて掛替えないいまであると知れた。更に目を凝らすうち、何処からか微細な虫があらわれて、目路遮るのを捕えて潰すと、更に微細な、しかし驚くばかり鮮やかな血痕が頁を汚し、私の食指を汚し、拭おうとすると文字が消え頁が消え書物が消えた。更に拭おうとすると食指が消え拇指が消え私が消え、いまが消えた。血痕だけが鮮やかに、ふかぶかと、遺された。

# 顔

いつだって
いつものところ
いつものように
あったもの
いつかしら
なくなったもの
あるあさめざめ
きがついた
いつものところ

いつかしら
あのはがなかった
このはもなかった
いつものところ
かみのけが
すっかりなかった
いつものところ
あのかおが
きえていた
いつかしら
かわりにふかく
きざまれた
めのしたのしわ
めじりのこじわ
こころのなかの

かずしれぬしわ
しわくちゃな
だれだろう
そのかおが
ほほえんだ
かがみのそとの
ぼくをみて

# いのちより

まがりなりにも
いきてきた
わきめもふらず
いきてきた
やっとのおもい
いきついた
ほっとして
きがついた
あれがない

いのちより
たいせつな
あれをわすれた
どうしよう
こまったな
あわてふためく
ぼくをみて
みんなわらった
みんなわらって
みみもとで
ささやいた
なんでもないさ
そんなこと
ほっとして
めがさめた

そんなことって
どんなこと
なんでもないって
なんのこと
ぼくっていったい
みんなって
なにもかも
わすれはて
うっとりと
いちめんの
たんぽぽが

# そんなとき

だれもしらないかおをして
なにかしている
そんなとき
いきている

だれもしらないかおをして
なにかしている
そんなとき
ぼくはいない

だれもしらないかおをして
なにかしている
なにかしおえる
とたんにいまがもどってくる

たのしげに
さみしげに
にぎやかに
ぼくをひきつれ

だれもしらないかおをして
いきている
だれだろう
そんなとき

# 雨上り

わたしはしごとしています
いつでもしごとしています
なんのしごとかしりません
なんのためかもしりません
やすむまもなく
あくこともなく
わきめもふらず
いっしんふらん

それでもいつか
どこからか
よくやった
ひのめみたいなあのこえに
はたとしごとのてはとまり
あめあがり
くものすが
そらをうつしてかがやいて

# 王者

太古の碩学の遺した文書（もんじょ）の頁にぼくの名があった。解読不能の古代文字でその名は記されてあった。いつだっておなじ仕事で細々暮らすぼくに何の関心もなかったけれど、通りすがりにぼくが驚いたのはどの頁からも陽の光が洩れていたことだ。頁が微風で捲れるたびに鳥の囀りや木々の葉擦れ、弾む心の波動まで伝わってきたことだ。あの古文書がいまどんな国のどんな書架の黴臭い一隅に眠っているかは知らない。とっくの昔に朽ち果てて土に還ってしまったかもしれない。知ったことじゃない。そんなことより仕事仕事。仕事は体が憶えている。誰から教えられたのでもない。陽の光、鳥の囀り、木々の葉擦れ、弾む心の波動だって、いまここに、仕事の中にあるのだもの。いつだっておなじ仕事を嬉々として。一刻（いっこく）な、この角立（つのだ）ちを見てくれよ。陽と月に積年磨きぬかれてきた、この翅（はね）のつや見てくれよ。先祖末代絶えることない、名にし負う、王者の虫。人呼んで、糞（ふん）ころがしだ。

# あのおとは

あのおとは
あらいものする
つまのおと
どこかとおくで
どこだろう
あらいものする
ははのおと
あらいものする

そぼのおと
そぼとはぐれて
ははとはぐれて
いつかつまとも
わたしとも
だれだろう
こんなとおくで
あのおとは

# 風渡る

いつからか
わたしのなかにはかがある
だれがねむりについているのか
かぜわたる
しずかなはかだ

いつからか
ひとつのはかが
いつもわたしとともにあり

なにかしている
たまにつまともわらったりする

みあげれば
なんのきだろう
おいしげっていて
こもれびがして
さえずりかわすとりがいて

いつからか
わたしはふかくこけむしている
だれのなもきざまれてない
かぜわたる
しらないはかだ

# 窓辺

わたしは故郷の窓辺にいます
いつでも故郷の窓辺にいます
木蔭すずしい窓辺です
妻とふたりのくらしです
おおむね仲良いふたりです
たまには喧嘩したりもします
おおむねつまらぬ理由です
収入はごくわずかです
手狭なアパートずまいです
わたしの部屋はありません

わたしの机もありません
窓をあければ隣家の壁が
見上げる空はありません
けれどこころはあこがれて
あこがれつづけはばたいて
六十路の峠も越えました
東京ぐらしも慣れました
たまには妻とやりあいながら
わたしは故郷の窓辺にいます
いつでも故郷の窓辺にいます
木蔭すずしい窓辺にひとり
みづいろの空見上げては
はばたくこころ
紅顔の
わたしはいまも

# なおらない

めがわるい
めをなおした
みみがわるい
みみをなおした
はながわるい
はなをなおした
けれどどこかが
まだわるい
どこだろう
おひとがわるい

おくちがわるい
おつむがわるい
おあいにくさま
そのわるさでない
どこかがわるい
なおらない
たえがたい
うちあけようにも
うちあけられない
どこだろう
どこかしらない
どこかがいまも
さえざえと
ぎんがみたいに
うずきだすのだ

# ぼくの詩は

ぼくの詩は
ひとつの手段であればいい
なんの手段かしらないけれど
目的じゃない

ぼくの詩は
ひとつのうたであればいい
なんのうたかはしらないけれど
表現じゃない

ぼくの詩は
ひとつのゆめであればいい
なんのゆめかはしらないけれど
空想じゃない

ぼくの詩は
手段であったり
うたであったり
ゆめであったり

けれどあるときききえてしまった
きえてしまったぼくもろとも
手段もうたもきえてしまった
ゆめがのこった

そのゆめだけが
つむぎはじめる
ひそやかにまた
ひとつのうたを

だれの詩だろう
ぼくの死は

# 泉

あなたの詩
なぜひらがなで？
そう問われたら
あのはなは
なぜあんないろ？
そうこたえます
あなたの詩
なぜ七音（ななおん）で？
そう問われたら
あのはねは

なぜななつぼし?
そうこたえます
なぜひとは
なぜ?
と問うのか
たんぽぽの
たんぽぽいろを
てんとうむしの
ななほしを
おさなごが
じっとみている
いやみていない
なにひとつ
わけなんかない
なにもない

こころのなかに
こんこんと
わきでるいずみ

# いつかみた夢

つきかげもれて
ひがくれて
よみせのあかりともるころ
いろとりどりなゆかたきた
きんぎょみたいなこどもらで
まちはすっかり
みなそこになり
みんなひとみをかがやかせ
てにてにこづかいにぎりしめ

あれにしようか
これにしようか
あれもほしいし
これもほしいし
けれどしょんぼり
ふだんのまずしいみなりした
ちいさなおんなのこがひとり
つきかげさえて
よもふけて
よみせのあかりもきえたのに
しょんぼりとまだ
あのおもちゃ
さいごにのこった
あれがほしいの？
そのこはまっかにほおをそめ

うつむいた
あれはねえ
うりものじゃない
ほんとうの
たからもの
だからねえ
おかねはいらない
おかねにかえられないからね
いつかあげるよ
つきかげたえて
よがあけて
またよがあけて
かぞえきれないよがあけて
あるあさのこと
あれはねえ

いつかみたゆめ
だれにともなくささやけば
おなかのなかのあかちゃんが
はじめて
うごいた

# 一瞬

ロシアの天才ピアニスト、ウラジーミル・アシュケナージは、或る旋律を耳にして、時間が停止する感覚に襲われたという。それはほんの数小節、時間にすれば数秒間の出来事だったが、時が停まり、音が消え、永遠が顕現(あらわ)れたという。未だ音符も知らない幼い或る日、アシュケナージの琴線を顫わせたのは、K.V.(ケッヘル)595。モーツァルトの最後のピアノ協奏曲だった。

「ぼくは音楽家だから、自分の言いたいことを、音楽でしか言えません」。モーツァルトが父に宛てた手紙の一節だが、三十五年の短い生涯、音楽でしか言えないことを、モーツァルトは音楽で言った。それからおよそ二百年後、アシュケナージの心がそれを確と受け止めた。ほんの数小節、時間にすれば数秒間、その永遠。――受け止めさせたのは誰の心か。

思い出さないか、人よ。未だ文字も音符も知らない幼い或る日、堪らなく美しい何かと出会い、何かに同化したあの一瞬を。時が停まり、音が消え、己が消えてゆくあの無上の一瞬を。息をころせ、心を澄ませ。そこにはおそろしく眩く無名なものが。そことはどこか。

# 詩を書いてると

泣きごえがした
それがだんだん
おおきくなって
だんだんそれが
ちかづいてきて
ドアがひらいた
どこのこだろう
おんなのこだ
まっかにほほを

ふくらませ
てばなしで
泣きながら
ぼくをゆびさし
うったえている
こいつです
こいつなんです
なにもしてくれないんです
なにもしてくれないんです
うしろふりむき
うったえている
それがますます
おおきくなって
いよいよひとが
あつまってきて

逃げもかくれも
できなくなって
めがさめた
となりでつまは
まだねむっていた
ぼくはそおっと
てをのばし
ひからびた
なみだのあとを
そおっと
ぬぐった

# 己

おれは死ぬ
そう言いのこし
おれは死んだが
生きている
書いている
むざんな死
むざんな生を
おれは死ぬ
おまえにあてて

# 銀河

ひとのからだに
あたまがあって
てあしがあって
てあしのさきに
ゆびまであって

ひとのこころに
なげきがあって
なみだがあって

なみだのおくに
ひみつがあって

ひとのからだは
ちいさな銀河
ひとのこころも
ちいさなちいさな
銀河系

どこかにきっと
ぼくがいて

# 一等星

駅前図書館へモーツァルトのCDを借りに行く。私はクラシック好きではない。モーツァルト好きなのだ。貸借期間三週間、聴き耽り、気に入りの楽曲には印を付す。そしてカセットテープに録音する。自らの手で録音した音響はまた格別だ。そのうち、印を付さなかった楽曲も気に懸かり、再度借りて聴き耽る。と、どうして気付かなかったか、聴いたこともない深淵が初めて現れ、私は落ちる。

……そしてまたカセットテープに録音する。
結局、図書館所蔵のＣＤをあらかた録音し、狭い室内はモーツァルトで溢れた。そのあらかたが、今夏の猛暑で駄目になった。しかし、微妙な早送り調節の手業で何とか聴ける。繰り返し聴くうち、その何とかがいとおしくなってくる。最新型高性能音響機器など何処吹く風、自らの手で録音したカセットテープには血が通っている。K.V.（ケッヘル）何番の何が何処に仕舞われているか、見なくても分かる。心の何処に仕舞われているかも。満足である。と、或る記憶が甦った。

　小学校低学年頃の日曜日の朝、姉と私は楽しい気分で蒲団を被り、俯せで絵本を読んでいる。幾度も幾度も読み返され、読み古され、頁もすっかり汚れた絵本。しかし、どの絵がどの場所に配されているか、そらんじていてさえなお楽しい、わが血肉と化した絵本だった。新刊本を潤沢に購読できる時代ではなかった。父母がやっとの思いで手渡してくれた絵本、私たち子どもは胸いっぱいにその匂いを吸い込んだ。それ以上を希いも望みもしなかった。幾度も幾度も読み返され、読み古され、頁もすっかり汚れた絵本、その絵本だけが、いまも私の心に一等星のように輝くのは何故か。

私が受け持つ大学の或る講座でその話をすると、一人の生徒が訝しげに私に訊ねた。どうしてCD買わないんですか。そんなに好きなら、ぼくなら借りずに買うけどな。金が無いから、とは応えない。彼は彼の好きなＣＤを買い、その旋律や歌声に聴き入るだろう。そして新しいＣＤが発売されれば、そのＣＤを買い、また聴き入るだろう。やがて以前のＣＤは彼から忘れ去られるだろう。文字を覚えた人類のように。それもいい、そう思った。しかし、私は御免だ、そうも思った。

# あいたくて

なにもいらない
ただあいたくて
やまこえて
うみこえて
くににかえった
たらちねの
しせつのははは
うっとりと

めをひらかれた
そのめをみつめ
やまこえて
うみこえて
うちにかえった
ぼくひとり
まくらべに
そっとのこして

# 屋根の上

ひざかかえ
ひとりきり
ちちがいる
やねのうえ
みたこともない
ちちのかお
かなしいことが
あったのだ
そらはゆうばえ

やがてはほしが
ははは いない
ぼくも いない
とおいむかし
それなのに
ぼくはみている
そのちちを
そらはゆうばえ
やがてはほしが
あそこにも
またあそこにも
ひざかかえ
ひとりずつ
またたいて
やねのうえ

# 虫の声

なんどよんでも
きこえない
なんでよんだか
わすれたころに
なんかいった？
いいやなんにも
おたがいさま
としとると
妻には夫が
きこえない

夫にも妻が
きこえない
とおいのはらの
むしのこえ
ふたまきりない
あぱあとの
ふたりぐらしの
やねのうえ
つきがあり
どこかとおくで
妻よぶこえが
夫よぶこえが
そのこえが
ゆめのなかまで
この夜さひと夜

# 御用

ごようである
あるひいわれた
そういわれたが
ふにおちない
あくじひとつも
てにそめず
おれはこうして
いきている
いそがしいんだ

かまわんでくれ
けんもほろろに
つっぱねたのに
ごようだごよう
ひましにつのり
ひごとよごとに
やかましく
たえがたく
おれはさけんだ
なんのごようだ
そのときだった
ちょうちんも
まちのあかりも
いっせいにきえ
くもまから

うっとりと
まんまろな
そらのひとみが
かんねんしたよ
ばけのかわ
かぶりつづけた
ひとのかわ
こっそりぬいで
このおれは
おとなしく
おなわについた
あとかたもなく
しんみょうに

# 星影

妻がふすまを
あけるおと
どこにある
ふすまだろうか
妻がふすまを
しめるおと
ひみつでも
あるのだろうか
よもふけて

夫がねむりに
おちるころ
ひそやかに
ふすまをあける
おとがして
ひめやかに
ふすまをしめる
おとがして
しめあわされた
ふすまから
そのすきまから
かすかな羽おと
筬のおと
機織るおとが
ほのぼのと

ほしかげのよう
よをこめて

# 勿忘草

故郷の自宅につれもどされて
自室にとじこめられてしまった
とはいえなつかしいへやだ
むかしとちっともかわらない
へやにはちいさなまどもあり
まどをひらけばそともあり
むかしとちっともかわらない
きがつけば
むかしとちっともかわらない

ぼくがいて
むかしとちっともかわらない
みんないて
しばらくだねえ
ささめいている
ささめいている
かぜのなか
ひとむらの
わすれなぐさを
だれかがそっとのぞきこむ

# 滝へ

それは滝へ通ずる最期の生家の最奥の閂外し
鍾乳の石筍の滴り止まぬ永劫のひびきを過ぎ
ひびわれた最深の廻廊から覗く奈落に招かれ
ガックリと項(うなじ)折り振り仰ぐ天の無窮に誘われ
まれに立つ未聞未明の虹のきざはしをわたり
わなわなとうちふるいぬれぬれとそこびかり
犬畜生の歓びに身も霊(たま)も総毛立ち尾を生やし
それはいまらんらんらんとまなこ瞠(みひら)きその滝へ。

# きみまつあいだ

きみまつあいだ
いつものように
ぱいぷくわえていればいい
ぱいぷくわえているうちに
きみはかならずやってくるから
あともうひとつ
だいじなことが
ぱいぷくわえているよりも
もっとだいじな

それっていったい
きみっていったい
とみこうみ
おもいだそうとするのだけれど
おもいだせない
いつものように
ぱいぷくわえてしあんがお
そのよこがおを
うわめづかいにほおづえついて
いたずらっぽくのぞきこむ
きみはとっくに
みえないはねをやすませて

# おかえり

いつだって
ほとりにそうて
あるいていた
ながれにそうて
あるいていたが
ながれはいつか
どこかでたえて
そこがどこだか
おもいだせない

どこかでぼくは
ただいまと
くつをぬぎ
やさしいこえに
むかえられ
それからさきが
おもいだせない
いまだって
ほとりにそうて
あるいている
ながれにそうて
あるいているが
ながれはいつか
くらくなり
ほとりもぼくも

みえなくなって
だれだろう
まんてんの
ほしをうかべた
どこからか
おかえりと
やさしいこえに
むかえられ

## 葦の籠

このあたりはねえ
昔も今も変わらない
旅に出て
石塚に腰をおろして
つぶやいた
葦で編まれたふるい籠
大切なもの好きなもの
銭に艾に煙管に酒に
女もひとり

しのばせて
このあたりはねえ
昔も今も変わらない
だれにともなく
またつぶやくと
葦で編まれたふるい籠
だれかみたいに
うなずいた
だれのこころか
しらないけれど

# やさしい

地球にやさしい
どこかできいた
環境にやさしい
なんどもきいた
まことしやかな
やさしいって
なんなんだろう
まるで強者が
弱者か貧者へ

ほどこすような
強者って
だれなんだろう
だれにも
つまにも
こどもたちにも
やさしくなんか
なれないぼくは
よぞらみあげて
こころのすみで
だれかのなまえ
よんでみる
おつきさま
などもういないのに

# 虫飼

むかし虫飼がいた。松虫や鈴虫を売りにきた。たいていは粗末な身なりで、明かりの届かぬ物陰のようなところに佇んでいた。幼い姉と私は我先に虫籠を手にし、はしゃぎながら家に帰り、軒端に下げた。一晩良い声で鳴いた。姉と私はかわるがわる水果や瓜を与え、水を代えた。次第に衰えかけるそれを見て、姉が言った。もう、放してやろ。私は渋々頷いて、庭に放した。暫く鳴いたが、その声も絶えた。

むかし虫飼がいた。虫飼は、虫の棲むところからやってきた。松虫や鈴虫を手編みの竹籠で大切に、大切に育てている人もいたのだ。どんな人だったのだろう。一面に広がる田圃の外れ、籔陰の、貧しい藁葺き屋根の下、軒端には幾つもの虫籠が下がり、高く高く虫が鳴いている。美しい月が出ている。一つ一つの小さな籠には、一つ一つの小さな明かりがともっている。どんな色にもたとえられない、見たこともない虹のようなほのかな明かりが。むかし虫飼がいた。家々の小さな窓に一つ一つの明かりがともり、人の暮しが、人の心が、ほのかな虹へと繋がっていたとおいむかしだ。

# だれだろう

いまにはじまることではない
ながらくここにこもっている
ここにこもって
みちたりている
なにをしているかととわれても
それがなんとも
こたえられない
こたえられない
よろこびなのだ

まれにわたしをよぶこえが
それはほんとにまれなこと
それもかすかな
かすかなこえに
とびらひらくと
だれもいない
ひとめだけでも
まだあのこえが
ほしあかりのよう
とおくから
だれだろう
とびらしめ
またみちたりたときがはじまる
いまにはじまることではないが
わたしのいきたうつくしいほし

だれだろう
あのほしにまだ

# ここにいて

どこだろう
きがつけば
ここにいて
それはちいさなへやだけど
それもアパートらしいけど
さえずるとりのこえがして
とおもったらモーツァルト
ききふるされてしわがれた
テープがまわりつづけていて
いつだろう

きがつけば
ここにいて
ひのさすまどのむこうから
ほほえみかけるひともいて
せんたくものをほしていて
さしてわかくもないけれど
えがおがやけにまぶしくて
なんだかうれしくなってきて
だれだろう
きがつけば
ここにいて

# ほのかにひとつ

ふたましかないへやのどこかに
もうひとま
ひみつのこべや

ふたりぐらしの日々のどこかに
もうひと日
またはるのかぜ

ありっこないさ　そんなこと

でもあるんだよ
そんなことって

ふたましかないへやのどこかに
ふたりぐらしの日々のどこかに
たったひとつのちいさなまどが

ちいさなまどのほとりには
いつからか
ちいさなつぼみ

あさなゆうなにみずをやり
ひごとよごとにいつくしみ
いつの日か

ほのかにひとつ
ひみつのはなに
つつまれて

# 満天

むかしこどもでありました
ろくなこどもでなかったけれど
むかしちちでもありました
ろくなちちではなかったけれど

あるときこえにいざなわれ
ひとのこととなりちちとなり

いつのまにやらとしをとり
どこのだれともわからなくなり

それでもひとでありました
ろくなひとではなかったけれど

あるときこえにいざなわれ
あてどなくまたどこかへと

まんてんのほしまたたいて
おまえはなにをしてきたのだと

ささめきやまぬそのこえに
うなずいてまたひとりきり

# 覚書

前作『遺品』から暫く間を措きのんびりと、のつもりでいたが、そうもゆかない極私的事情が生じ、二十冊目の上木となった。表題の「古い家」が私の中から水のように出てきた。私が八歳までを過ごしたその家には、曽祖母祖父母父母叔父二人叔母一人姉の十人家族がともに暮らした。「古い家」とは「黒い家」のことでもあった。その「黒い家」での記憶凡ての蘇りが私の胚芽だった。しかし、此の度の表題「古い家」はその「黒い家」と無関係なのかもしれない、という気もしている。

装画は亡父和昌が大学ノートに描いたペン画から採集した。編集部・藤井一乃さんの発案だった。息子最愛の父親は、父親最愛の息子と、互いの生涯を賭し、反目し合った。良く消た父子だったのだ。その父の画を、という彼女のプランを聴いたとき、それは違う……私は逡巡したのだが、良く考えてみると、違わないかもしれない、とも思った。そしてまた良く考えてみると、「古い家」とは紛れもなくあの「黒い家」のことかもしれない、と。今はもう跡形もない家だが、私は今もあの家に、そう思った。

二〇二〇年十一月二十四日

池井昌樹

# 古い家

著者
池井昌樹

発行者
小田久郎

発行所
株式会社思潮社
〒一六二－〇八四二　東京都新宿区市谷砂土原町三－十五
電話〇三（五八〇五）七五〇一（営業）
〇三（三二六七）八一四一（編集）

印刷・製本
創栄図書印刷株式会社

発行日
二〇二一年三月九日